Canta que te cantarás

MONTAÑA
ENCANTADA

Carmen Gómez Ojea
Ilustrado por Juan Ramón Alonso

Canta que te cantarás

EVEREST

Dirección Editorial: Raquel López Varela
Coordinación Editorial: Ana María García Alonso
Maquetación: Cristina A. Rejas Manzanera
Diseño de cubierta: Jesús Cruz

Carretera León-La Coruña, km 5 - LEÓN
ISBN: 84-241-8752-0
Depósito legal: LE. 6-2005
Printed in Spain - Impreso en España

EDITORIAL EVERGRÁFICAS, S. L.
Carretera León-La Coruña, km 5
LEÓN (España)
Atención al cliente: 902 123 400
www.everest.es

LA MAÑANA

Se enciende la luz.
Pero tengo sueño.
Me doy media vuelta
y sigo durmiendo.
Apágate, Sol.
Vete tú al colegio.

Yo quiero dormir
como mis muñecos,
igual que mi tren
que se está muy quieto,
allí en el estante,
al lado de Pepo,
mi gato de felpa,
junto a Guau, el perro,
y la rana Tana,
gorda como un huevo,

cerca del payaso y
los libros de cuentos.
¡Arriba, levanta!
Déjame, no quiero.
¡Fuera de la cama!
Me quejo y protesto.
¡Arriba, te digo!
Saco un pie primero
y más tarde el otro.
Suspiro y bostezo.
¡Date prisa! ¡Es tarde!
Por fin obedezco.

MEDIODÍA

Me gustas, Sol del recreo,
porque, si estás en el cielo,
nos dejan salir al patio.
En cambio, si tú te escondes,
vaya rollo que es entonces
ir a jugar al gimnasio.

Me gusta volver a casa
sintiéndote en la cabeza
y ver mi sombra en el suelo
siguiéndome por la acera
como si fuera mi perro,
mientras pienso que quizá
me esté esperando en la mesa
–de gusto ya me relamo–
mi comida predilecta:
un plato de macarrones
y una fuente de croquetas.

LA TARDE

Me encantan las tardes.

Vamos al gimnasio.
Corremos, reímos,
brincamos, sudamos.
Nos queda la cara
más roja que un rábano.

Después, ya en la clase,
a veces cantamos
o leemos cuentos
de hadas y magos,
de brujas y duendes,
mientras merendamos.
Luego suena el timbre
y ya nos marchamos.

Camino de casa,
veo al Sol cansado
que se va escondiendo,
que se va ocultando.
Se mete en su cama,
allá en lo más alto,
adonde no llegan
aviones ni pájaros.

LA NOCHE

Ya vienen, ya, por el aire
ya suenan sus cascabeles
ya llegan, vuela que vuela,
hasta mi cama los duendes.

Ellos me cierran los ojos.
También alejan los miedos
a los ruidos de los muebles
y a la sombra esa del techo
que se parece a un demonio
con tenedor, rabo y cuernos.

Luego escucho campanillas,
porque las hadas se acercan
con sus vestidos de plata
y sus zapatos de perlas.

Lucho por abrir los ojos.
Los párpados se me pegan.
Oigo, acalladas, sus risas.
Presiento sus piruetas
alrededor de mi cama,
de la ventana a la puerta.

Después aspiro su aroma
a retama y azucenas,
en tanto me va llenando
de sueños su luz de estrella,
muy despacio, poco a poco,
de los pies a la cabeza.

LUNES

Lunes, día de la Luna,
con que empieza la semana.
¡Cuánto cuesta levantarse!
¡Ay! Qué bien se está en la cama.

Incluso hasta los juguetes
parecen no tener gana
de jugar como otros días
ni de salir de su casa,

el estante donde viven,
en buen amor y compaña,
el payaso, Guau y Pepo,
el tren y la rana Tana.

Lunes, corre, vete pronto,
como si tuvieras alas.
¿Cuándo llegarás tú, Viernes?
Ay, qué pena. Ay, qué lata.

Qué lentos son los relojes.

Qué despacio el tiempo pasa.
Venga, Lunes, date prisa,
porque entre pitos y flautas,
faltan aún cuatro días
para otro fin de semana.

Eres de verdad más lento
que uno de esos bueyes blancos
que viven allá en la Luna,
con su pastor de lo alto,
al que sólo puede verse
las noches claras de mayo.

MARTES

Este día así se llama
por un luchador muy fiero,
el dios Marte de la guerra
de casco y armas de hierro.

Al llegar la Primavera,
el pueblo romano honraba
con fiestas a este guerrero,
empezando las batallas
que acababan en invierno.

No me gusta mucho el martes,
porque el viernes está lejos,
ni me gustan las peleas
ni ese dios de sangre y fuego.

MIÉRCOLES

Miércoles, día de Mercurio,
que era el dios de los carteros,
comerciantes, vendedores
y también de los quiosqueros,
a quienes cada mañana
compro muchos caramelos.

Mercurio anuncia la paz
y lleva siempre un caduceo,
que es una vara tan larga
que puede llegar al cielo.

Calza sandalias de alas,
tejidas con plata y cuero,
con las que puede volar
y ser veloz mensajero.
La cabeza lleva oculta
por un enorme sombrero.

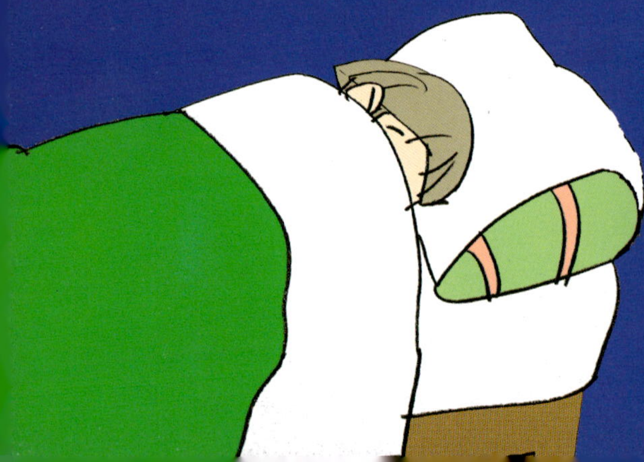

Ya estoy dentro de la cama.
Es de noche y tengo sueño.
La señora de los lunes
está brillando en el cielo.
Me tapo y cierro los ojos.
Siento que me voy durmiendo.
El pacífico Mercurio
cruza el aire con su vuelo.

JUEVES

El jueves me encanta,
el jueves me chifla,
porque, ¡vaya suerte!
es del viernes víspera.

Júpiter del trueno
y señor del rayo,
padre de los dioses,
para los romanos,
que no era tan fiero
ni era tan bravo
celebraba el jueves
su día de fiesta.

Hoy ceno en un pas.
Me trago el puré.
Me bebo la leche.
Me zampo el jurel.
Y en un pis me como
el yogur con miel.

Me lavo los dientes.
Me voy a la cama.
La Luna lunera
con su cara guapa,
su vestido verde,
y su voz de plata,
peinada de moño,

alegre y descalza,
cantando y bailando,
cruza mi ventana.
Se mira al espejo.
Me besa y se marcha.

VIERNES

Tarará,
tararí,
que ya el viernes
está aquí.

Es el día
de una diosa
presumida
y muy hermosa.

Venus, bella
y nacida
en la isla
de Citera.

Por la tarde
cantaremos
la canción
de los insectos.

Es muy corta.
Dice así:
Soy el grillo,
cri, cri, cri,
que en el prado,
cri, cri,cri,
canta y toca
su violín.

La cigarra
soy ahora,
cantarina
y hacendosa,

de los campos
aguadora,
aunque muchos,
¡ay, qué cosa!
me tilden
de perezosa.

SÁBADO

Sábado de manta y sábana,
sábado, calor de cama,
sabadito en pijama
casi toda la mañana.

Sin oír: ¡Venga, espabila!
desayunaré despacio.
No escucharé que me digan:
¡No te duermas sobre el plato!

Y jugaré en la bañera
con mis delfines de plástico,
hasta que la piel me quede
hecha un churro engurruñado.

Pintaré barcos y estrellas
con mi caja de pinturas.
Dibujaré en mi cuaderno
las caras de doña Luna,
la corona del rey Sol,
y una familia de brujas,
que dicen que son muy malas.
¡Qué mentira, qué tontuna!
¡Vaya invención, vaya trola!
¡Vaya cosa tan estúpida!
Pues son amables y buenas.
La fama no siempre es justa.

Me levanto bostezando
con toda la boca abierta.
Me estiro metiendo ruido,
mientras entro en la bañera,
donde en el agua caliente
mis tres delfines me esperan.

Ya es de noche otra vez
y me voy para la cama.
Leeré el cuento del dragón
que Ibesaldo se llamaba,

y vivía en el palacio
de la princesa Mariana,
y escupía caramelos,
en lugar de fuego y llamas.
No escucharé lo de siempre:
Esa luz… Es tarde… Apaga.
Como mañana es domingo,
hoy nadie me da la lata.

DOMINGO

Es domingo y hace sol.
Por eso vamos al parque.
La gente no tiene prisa.
Va tranquila y a su aire.

Hoy no parece un caballo
desbocado por la calle,
con toda la lengua afuera,
despeinada como un sauce.
Pasa sin darse empujones,
sin temor a llegar tarde.

Cuando llegamos al parque,
voy corriendo a ver los gamos.
La mamá se halla dormida,
y los tres hijos jugando.
El más pequeño de todos
es un verdadero diablo,

con sus cuernos diminutos
y su minúsculo rabo.
No para un instante quieto
con sus brincos y sus saltos
que con cara de estupor
contemplan sus dos hermanos,
hasta que una mariposa
que a la jaula se ha acercado
se le posa en el trasero
y él queda petrificado,

sin respirar ni moverse,
temiendo enfadarla acaso.
La madre entonces despierta,
y al verlo en aquel estado,
como si fuera una estatua
o hubiera sido hechizado,
se ríe de buena gana,
y el gamito pega un salto.
Así que la mariposa
se marcha al punto volando.

Ya está la Luna en el cielo,
con su cara satisfecha,
con su cara más redonda,
con su cara más contenta,
con su cara reluciente,
con su cara carillena,
pues mañana será lunes
que es el día de su fiesta.

El domingo se termina.
El domingo se acabó.
Pero no me encuentro triste.
El tiempo pasa veloz
y enseguida será viernes.
No se detiene el reloj.

Las horas son mariposas
más rápidas que un avión.
Seguro que ya a estas horas
mi gamito se durmió,
completamente agotado
por lo mucho que brincó.
El domingo quiero verlo.
Ojalá que luzca el Sol.
¡Qué bostezo más ruidoso!
Vaya sueño que me entró.
Cierro un ojo, luego el otro,
y también me duermo yo.

ÍNDICE